Caperucita roja se enoja

y el lobo no era tan bobo

© Hardenville S.A.

Sarmiento 2428 bis. · Of. 501

C.P. 11200 · Montevideo, Uruguay

ISBN 978-84-96448-28-5

Impreso en China · Printed in China

Caperucita roja se enoja

y el lobo no era tan bobo

Versión libre basada en el
cuento original "Caperucita
Roja" de Charles Perrault ·
Francia: 1628-1703

Textos

Osvaldo P. Amelio-Ortiz

Ilustraciones

Nancy Fiorini

Diseño Editorial

www.janttiortiz.com

Caperucita estaba en su casa,
meneando su cuerpo al ritmo
de la música, en una silla
desvencijada que se mecía
al compás de sus movimientos.

–¡Vas a romper esa silla, Caperucita! –exclamó la mamá–. Además, hace media hora que te he pedido que lleves esta tarta a la casa de tu abuela, que no tiene nada para comer.

Caperucita dio un salto y empujó la silla hasta voltearla sobre el respaldo.

–¡Te dije que ibas a romper la silla, Caperucita!

–gritó la mamá, enardecida.

—Perdón, perdón, ya me voy...
    —murmuró la niña mientras corría con la
    canasta de la tarta hacia la puerta de salida.

-¡No hables con ningún extraño por el camino!

-le recordó la mamá antes de que Caperucita
traspasara la puerta que la separaba del
bosque de cemento, que envolvía su casa en
pleno centro de la ciudad.

Apenas comenzaba el recorrido, Caperucita
descubrió que una sombra la acechaba.
Una silueta amenazante se escondía en el
recodo de la calle.

Al acercarse a la esquina, la niña se inquietó. Unos ojos inmensos asomaban detrás del marco de un portón. Caperucita se dio cuenta de que, oculto como un ladrón, un compañero de escuela al que apodaban el Lobo, la vigilaba.

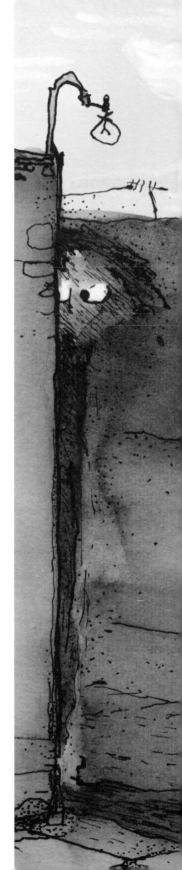

Este niño siempre miraba y miraba
a Caperucita, pero nunca se animaba
a conversar con ella, sólo la observaba.

Al verlo, Caperucita sintió vergüenza y confusión. Entonces, recordando lo que le había dicho su madre antes de salir de la casa, siguió su camino jugando y saltando.

En su trayecto, Caperucita se encontró con Quico, el perrito de doña Catalina, al que saludó amablemente mientras el pequeño animal, que vestía un trajecito de marinero, daba saltos propios de un canguro en torno a la niña.

Al llegar a la casa de su
abuelita, Caperucita se llevó
la sorpresa más grande de su vida.

Vio que sentado en una silla, junto a la
mecedora de la abuelita, estaba el Lobo.
Ese niño al que llamaban el Lobo.

–Pero, abuelita...
¿qué hace el Lobo en esta casa?
–preguntó Caperucita.

–Te estaba esperando a ti –dijo la abuela.

-¿Has visto, abuela, qué ojos tan grandes tiene el Lobo? –la interrogó la niña.

-Serán para verte mejor, Caperucita.

-Pero mira, abuelita, sus orejas... ¡qué grandes son! -exclamó Caperucita.

-Seguro han de ser para oírte mejor -dijo la abuelita.

Y cuando Caperucita estaba por comentar el temor que le causaba la enorme boca de el Lobo,

el muchacho se puso de pie.

Caperucita se acercó hacia él muy enojada.

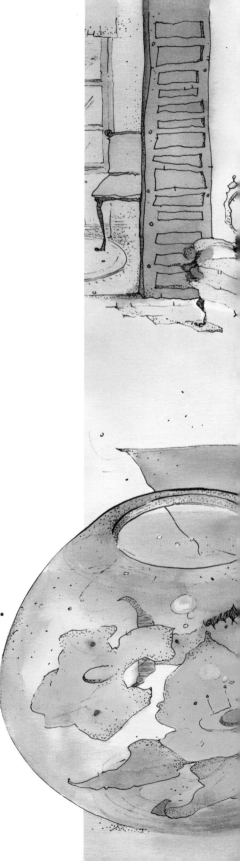

–¿Tú? ¿Qué haces tú aquí? –preguntó la niña casi gritando–. Ahora no solamente te dedicas a mirarme todo el tiempo, sino que además vienes a la casa de mi abuela para espiarme con esos ojos tan grandes que tienes y para oírme con tus enormes orejas. ¿Para qué tienes esa inmensa bocota si no emites ni una palabra? ¿Quieres comerte a mi abuela? ¿Por qué no dejas de vigilarme?

Si tienes algo que decir, ¡¡hazlo ahora!!

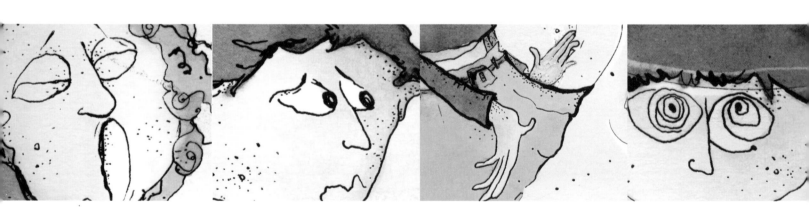

El Lobo, es decir, el niño al que le decían el Lobo, quedó perplejo ante las palabras de Caperucita.

Aturdido, pensó que debía salir corriendo de ese lugar para encontrar refugio en el bosque de algún cuento encantado, pero luego decidió que mejor sería esconderse en un barril y esperar allí hasta cumplir los cincuenta años. Cuando estaba a punto de tomar la determinación de embarcar hacia un lugar incierto en el desierto más desierto del mundo, miró a los ojos a Caperucita y le dijo:

–Necesito decirte algo muy importante...

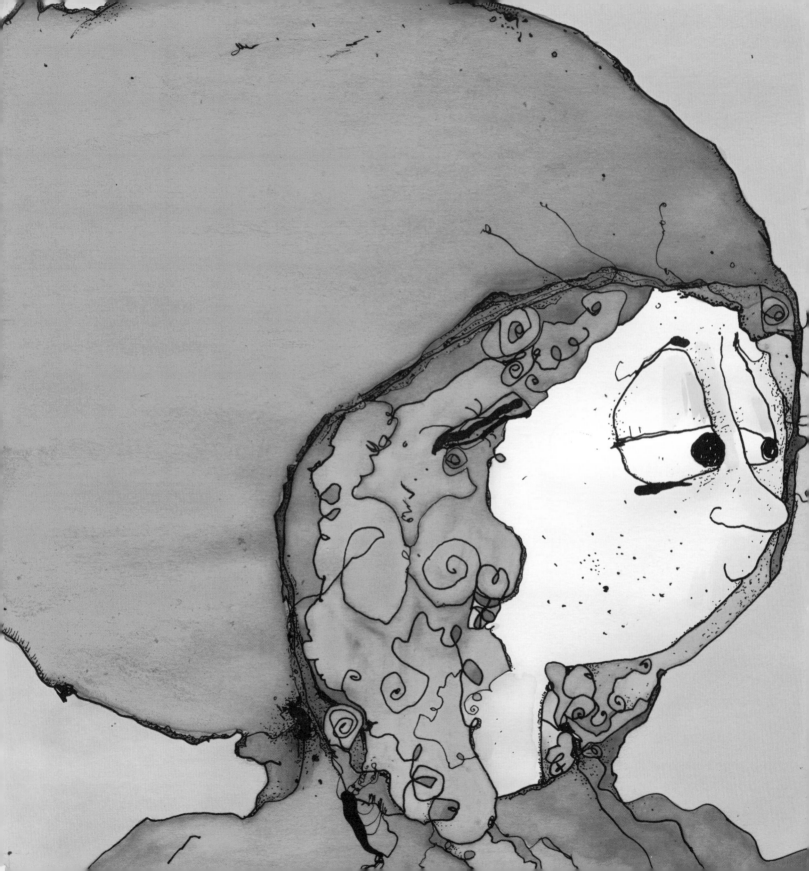

Te amo con todo mi corazón.

Entonces, se oyó un grito muy fuerte. Era el aullido de un lobo. Un lobo que jamás nadie pudo encontrar en esa ciudad, porque en la ciudad de este cuento

no había lobos.

Pero si los cuentos de niños te gusta escuchar, presta mucha atención a este final, porque el secreto del aullido del lobo Caperucita te ha de contar.

Es un grito en tu panza
que no se puede explicar,
como los ojos y la mirada
de quien te ama de verdad.

Fin

OTROS TITULOS

Pope y su oveja Ba

ANITA ANOTA

Misterio en la profundidad de mi Cama

CRISTOBAL TIENE UN SUEÑO

¡no mires, miranda! ¡es una sorpresa!

Cuántas Cuentas en un Cuento!

CAOS en el MERCADO!

¿Quién es ese Monstruo? ¿y ese otro?

Aurora y la planta mora

Te doy un pedacito de Sol

Cambio de PLANES

¡ALGUIEN ME ESTÁ DEVORANDO!